Palabras que debemos aprender antes de leer

acuerdo

compartieron

deliciosos

descubrieron

habichuelas

huerto

patio

reunir

www.rourkeeducationalmedia.com

Edición: Luana K. Mitten
Ilustración: Bob Reese
Composición y dirección de arte: Renee Brady
Traducción: Yanitzia Canetti
Adaptación, edición y producción de la versión en español de Cambridge BrickHouse, Inc.

Library of Congress Cataloging-in-Publication Data

Picou, Lin
Excava, planta y ¡festeja! / Lin Picou.
p. cm. -- (Little Birdie Books)
ISBN 978-1-61810-530-1 (soft cover - Spanish)
ISBN 978-1-63430-325-5 (hard cover - Spanish)
ISBN 978-1-62169-025-2 (e-Book - Spanish)
ISBN 978-1-61236-025-6 (soft cover - English)
ISBN 978-1-61741-821-1 (hard cover - English)
ISBN 978-1-61236-737-8 (e-Book - English)
Library of Congress Control Number: 2015944637

Rourke Educational Media
Printed in the United States of America,
North Mankato, Minnesota

Also Available as:

Scan for Related Titles and Teacher Resources

rourkeeducationalmedia.com
customerservice@rourkeeducationalmedia.com • PO Box 643328 Vero Beach, Florida 32964

Excava, planta y ¡festeja!

Lin Picou
ilustrado por Bob Reese

—Hoy vamos a sembrar nuestro huerto de la amistad —dijo la señorita Campos.

—Necesitamos poner las palas de mano dentro de nuestra carretilla.

—¡Y no olviden las semillas! —recordó la señorita Campos mientras formaban una fila para salir afuera.

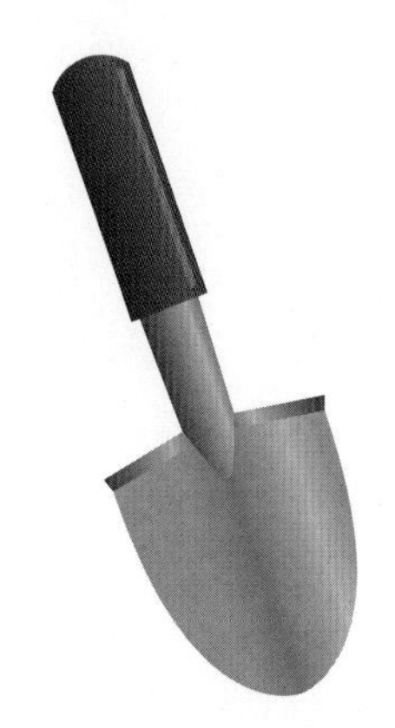

En el patio, los estudiantes descubrieron una parcela de tierra. La Srta. Campos le pidió a cada estudiante que cavara un hoyo y luego dejara caer dentro algunas semillas.

—Ahora regaremos sus semillas y dejaremos que el sol haga su magia —dijo la Srta. Campos. Entonces tomó una manguera y se aseguró de mojar la tierra antes de que todos entraran nuevamente.

Semanas después, salieron los primeros brotes. Luego se abrieron las flores.

—¡Mira! —gritó Carlos—. Mis semillas de habichuela se están convirtiendo en habichuelas mágicas!

—¿Podremos subirnos a las habichuelas mágicas? —preguntó Cati. Todos se preguntaban cuán alto crecerían las habichuelas.

La Srta. Campos le dio a Carlos una vara medidora para que pudiera medir cuán alto crecían sus habichuelas mágicas cada día.

Cuando las flores se volvieron largas habichuelas verdes, todos ayudaron a Carlos a recogerlas.

Todos los estudiantes estuvieron de acuerdo en reunir sus vegetales para hacer el guiso de la amistad en una gran olla.

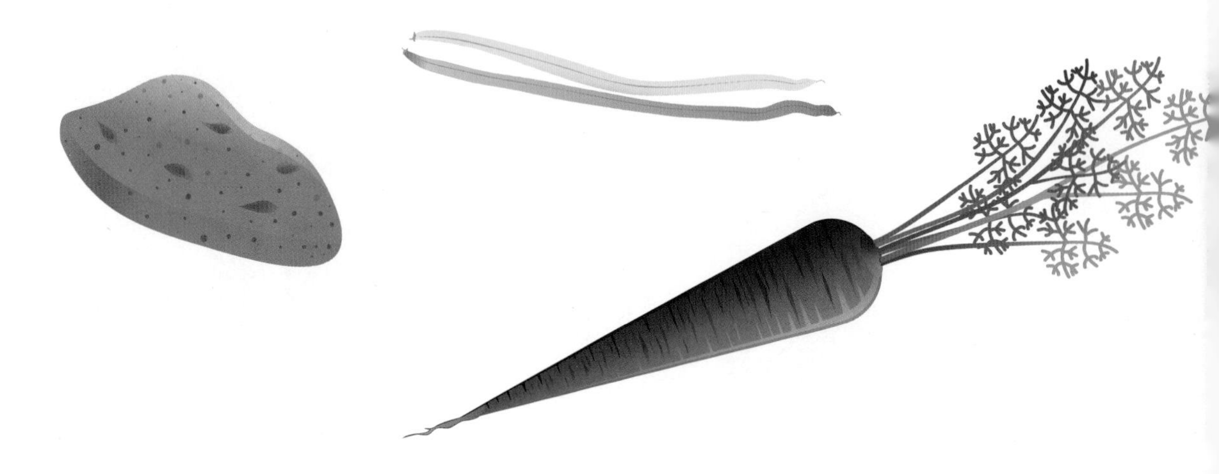

Después de cortar y lavar las zanahorias, los tomates, las papas y las habichuelas de Carlos, ellos cocinaron el guiso con agua, sal y pimienta.

Los deliciosos olores se colaron en el salón de la Srta. Rosa, así que la Srta. Campos los invitó a disfrutar del banquete.

—Los amigos compartieron sus semillas y luego hicieron nuevos amigos compartiendo el guiso! —comentó la Srta. Campos.

Actividades después de la lectura

El cuento y tú...

¿Quién sembró el huerto de la amistad?

¿Qué sembraron ellos en el huerto de la amistad?

¿Qué te gustaría sembrar a ti en el huerto de la amistad?

Cuéntale a un amigo lo que te gustaría sembrar en un huerto.

Palabras que aprendiste...

Muchas palabras en español tienen dos vocales seguidas, una fuerte como la **a**, la **e** y la **o** y una débil, como la **i** y la **u**. Esto se llama diptongo. Encuentra los diptongos en las siguientes palabras. Encuentra en el cuento otras palabras con diptongos.

acuerdo
compartieron
deliciosos
descubrieron
habichuelas
huerto
patio
reunir

Podrías... sembrar tu propio huerto de la amistad.

- Decide dónde quieres sembrar tu huerto, ¿afuera o adentro? ¿Vas a sembrar en macetas o directamente en el suelo?
- ¿Qué vas a sembrar en tu huerto?

- Haz una lista de las cosas que necesitarás para cuidar tu huerto.
- Lleva un diario para documentar el progreso de tu huerto.
- Haz un plan de cómo compartirás lo que produzca tu huerto con tu familia y amigos.

Acerca de la autora

Lin Picou enseña en Lutz, Florida. Sus estudiantes siguen instrucciones y aplican sus destrezas matemáticas cuando preparan comidas divertidas como pudín de tierra y gelatina de pescado para deleitarse en la merienda.

Acerca del ilustrador

Bob Reese comenzó su carrera en el arte a los 17 años, trabajando para Walt Disney. Entre sus proyectos están la animación de las películas *Sleeping Beauty, The Sword and the Stone* y *Paul Bunyan*. Trabajó además para Bob Clampett y Hanna Barbera Studios. Reside en Utah y disfruta pasar tiempo con sus dos hijas, sus cinco nietos y un gato llamado Venus.